愛《あい》 真実《しんじつ》 誠意《せいい》

土喰則子

文芸社

まえがき

人との出会いがどんなに大切か、ということを実感した半生でした。結婚生活が破綻してから朝日新聞の営業所で勤務させて頂き、そこでの出会いで性格的なことや仕事ぶりなどをほめて頂いたことが自分に良い影響を与え、それが自分の思っていることを新聞に投稿してみようか、との行動につながり、それが何か人とのつながりを感じて、今こうして協力出版という形で出版させて頂けることに心から感謝しています。

「苦あれば楽あり　楽あれば苦あり」という言葉がありますが、幸、不幸は主観的なものだと思いました。が、そう思えるようになる迄は心の葛藤、自分との戦いでした。あの時も自分の思い通りにならなかったから今のこの幸せがあるんだなあ、と思うことがあります。もちろん逆境を与えられている時は辛く苦しいですが、それに向き合い解決していかないと（その解決策が難しいのですが）喜びも感じられないし、次の逆境を乗り越えられないのではないかと思いました。

　辛い時、苦しい時、どんなに人に助言してもらっても自分の気持ちが納得しないと受け入れられないし、助言は参考にはなりますが、自分の考えをしっかり持たないと周りに振り回されて自分が望むことと違う方向に流されていくような気がします。

　今迄生きてきて実感したことは、この世の中のことは知っていることより知らないことの方が多く、また世の中のことを知れば知るほど、知らないことが増えていくのだと思いました。

　弱輩者ですが「経験は学問にまさる」という言葉もあるようです。この本から何か一つでも自分の生きる指針にして頂ければ、そして新しい価値観と幸せ感を多くの人が得られたなら心底幸いに思います。

愛　真実　誠意◆もくじ

まえがき……3
一　今までの経験から得たモノ……8
二　気持ちの持ち方……11
三　素直な心＝自然……13
四　夢を持てる社会に……16
五　多面的な思考力……18
六　新聞へ……21
七　人間の素直な心……22
八　心の時代……24
九　父母の生き方……25
十　天使の心と悪魔の心……27
十一　自分の敵と味方は自分自身……29

十二　子供の気持ちになって……32
十三　企業の目的……34
十四　正の連鎖……36
十五　クレゾール事件に思うこと……38
十六　『淳』を読んで……40
十七　新聞の活用と価値……42
十八　我慢の見極め……44
十九　人の思いやり……46
二十　自分らしく生きる……48
二十一　言葉の重要性……50
二十二　自己の人生を振り返って……52
二十三　人間は一人。だけど一人ではない……55
二十四　栄光と挫折……57
二十五　優しさだけが優しさではない……59
二十六　人と人との間……62

二十七　善と悪……65
二十八　言葉の真実性……69
二十九　指導者の基準……71
三　十　信じることとは……74
三十一　今の社会に思うこと……77
三十二　脳死移植に思うこと……81
三十三　マイナス要因の原理……83
三十四　故意なき行為……85
三十五　日の丸・君が代について……87
三十六　日の丸・君が代についてII……89
三十七　想像力……91
三十八　何を信じて？……93
三十九　心の傷……95
四　十　自分を変えたモノ……98
あとがきにかえて……100

今までの経験から得たモノ

私自身の経験を通して、一人でも多くの人のためになれたらと思い、お便りをさせて頂きました。

今いろいろな事件が毎日のように、新聞、テレビ等で報道されています。心を痛めている人は、私だけではないと思います。なぜ、争いが起きるのか、自殺する人がいるのか、犯罪が起きるのか。

それは自分自身の気持ちを、感情をコントロールするのが難しいからなのです。片方ができても片方ができない。夫婦、親子、兄弟、社会の中の人間関係を問わず、人間関係に於いてトラブルが生じた時、まずお互いが自分のどこが悪かったのか、その反省点を見つけ出すことだと思うのです。片方だけが一〇〇%悪いということはないようです。そして協力し合う、お互いのいい部分を認め合う、お互いが感謝の気持ちを持つ。過ぎてしまった過去（怒りや不幸）、マイナス思考を引きずらない。

人間誰でもこの世に必要とされて生まれてきたのです。誰でも誰かに愛されて生きているのです。誰でも誰かを愛して生きていく。時には客観的な視点に立って自分自身を見つめ直す。そうすることが難しいなら人から注意されたことに素直に耳を傾ける。

本当の優しさとは、利害ぬきの本当の厳しさと、本当の優しさとを持って本当の優しさだと思うのです。誰でも自分が経験したことのない経験を持っています。こういう考え方もあったのか、と視野を広げることも大切だと思うのです。自分のためだけでなく人のためにも。人間である以上、人間の心を持っているのだから、自分が信じたら人も信じてくれる。誠意を持って接したら、誠意を持って接してくれる。

私も今まで生きてきた過程で、いいと思うことより、悪いと思うことの方が多かった、と思っていました。でもこの悪いと思うことの方が、今の自分を幸せな気持ちにさせてくれるのです。悲しみも、苦しみも、裏切りも、傷つけられたことも、自分のために、私のために言ってくれた、私のために与えてくれたと思えたら、感謝の気持ちが生まれてきます。でもたやすく感謝の気持ちは生まれてくれません。我慢と努力を積み重ねて生まれてくるものだと思うのです。

そしてこの世を去った人も、今この地球上で生きている人も、今一人ひとりが生きている状況は、『愛』という名のもとに存在していると思うのです。愛は、真実の愛は、偽りの愛であってはならない。自分のための愛であってはならない。打算と偏見の愛であってはならない、と思うのです。「幸せ」というものは、他人が決めるものではなく、自分自身が、今の自分は幸せだと感じることが本当の幸せだと思うのです。

今までの経験を心の糧にして、自分の気持ちに正直に、前向きに、感謝の気持ちを持って生きていきたいと思っています。

平成九年六月三十日

気持ちの持ち方

いろいろな事件が増々増えている。しかも低年齢化している今の世の中を見ていると、じっとしていられない、そんな気持ちになります。いじめのない、争いのない、犯罪のない世の中にと、思ってもどうすることもできず、せめてこのような形で役に立てればと思いペンを取りました。

今この地球上に存在している人間は、宗教も違う、文化も違う、思想も違う、環境も立場も性格も価値観も経験も違うけど、全ての人間に共通して言えることはただ一つ。自分の気持ちの持ち方、「良い方向への心の改革」だと思うのです。良い方向への心の改革が言葉となり、行動へと進んでいくと思うのです。良い方向への心の改革こそが努力だと思うのです。その努力をして、今の自分は幸せだと感じて生きている人もたくさんいると思います。

また人間は損得勘定で言動していると思いますが、見方を変えて考えたら、「損をするはずが得をする」、「得をするはずが損をする」こともあると思います。欲を出すことはいいことだと思います。人間の欲が今の社会を、産業を、文化を発展させてきたのですから。でも人を傷つける欲、人を犠牲にする欲は、必ず倍になって自分の身に降り懸ってくることを、肝に銘じて生きていかないといけないと思うのです。

今の私には家族（夫婦と子供）も財産も学歴も、目に見える財産はありませんが、目に見えない「心の財産」を築けてよかったと思っています。

平成九年八月十七日

素直な心＝自然

今この地球に様々な変化が起きている、と感じている人は少なくないと思います。

「人間の素直な心」＝「自然」だと私は思うのです。離婚や自殺や争いや犯罪などは「自然の法則に逆らった人間の心」が必ず原因になっていると思うのです。全ての人間に「あなたにとって、〈あなたの命〉と〈勉強＝お金〉とどっちが大切ですか」と問うたとしたら、〈勉強＝お金〉と答える人は皆無に等しいと思います。誰でも答えはわかっているのです。

今の世の中（日本も）、物があふれています。物が豊かになり、便利になるほど人間の心が貧しくなり、心にゆとりがなくなり、物を手に入れるために、自分の生活を便利にするために一番大切なモノを見失って、家庭で学校で社会で、勉強することに、よい成績をとることに重点を置いているのではないでしょうか。命があってこそ勉強もできる、楽しみもある、いろいろなことができるのです。

物心がつくようになると、小さい時から勉強することを教え、競争することなどを教える。「命の大切さ、人間としてどう生きるか」ということを重点に置いて教えなければ、当然犯罪も低年齢化してくるし、様々な犯罪も増えてくると思います。

戦争という貴重な体験をした人も年々減っていきます。戦争はもちろんのこと、人を傷つける争いというものは、勝っても負けても後味の悪いものです。欲を出すことはよいことだと思うと前に書きましたが、よいことでも「過ぎる」のはよくないと思います。もう十分、物の豊かさも、便利さも見たり聞いたり味わったりしてきたのではないでしょうか。

開発によって迷惑をかけられた人、苦しんできた人がたくさんいると思います。当然莫大な費用も必要になってきます。新しい物を、皆と同じ物を、高価な物を、便利な物を求める風潮が人間の心を悪い方向へ変え、私達の生活を圧迫しているのではないでしょうか。

これらを社会全体で見直し、苦労して手に入れた物をいつまでも大切に工夫をして使う。古い物も大切にする。よい意味での皆と違うモノ「個性（自分の性格と言動は切り離せないモノ）」を認める風潮を美徳とする社会を作り出していかないと、この大切な地球は守っていけないと思うのです。

英語や方程式、化学等々も、大事で難しいことですが、一番大事で難しいことは「命、人間の心」だと思います。

平成九年九月三日

夢を持てる社会に

今の日本は、夢や希望や目的や生きがいを、見出せない社会になっているような気がします。家庭で思いやりのある子に、優しい子に、素直な子に、善悪の判断ができる子に、我慢のできる子にと願って育てても、社会と接する幅が広くなるにつれ、社会によい面をつぶされてしまうようで……。

学校に行かない子供、行きたくても行けない子供の増加を見て、何が原因だと思うでしょうか。人間として生まれた以上、義務教育は必要だと思います。それ以上の学歴がなくても、障害者でも、高齢者でも仕事に対する自覚や責任感、意欲や協調性などを持った人はたくさんいると思います。社会が学歴などの固定観念に囚われている限り、表面的な行革をしても何も変わらないどころか、不安や怒りや悲しみや苦しみを抱える人は増えていくと思います。

私自身の経験を基にして実感したことですが、「人との出会い、選択のしかた」によって人間の運命は左右されます。

平成九年九月十四日

多面的な思考力

新聞や本などで共鳴できる文章に出会うと、どんな高価な物にも替えがたい宝物を見つけたようなうれしい気持ちになります。

先日、文部省の調べで、最近の子供は知識は豊富だが、多面的な思考力や表現力や自分の考えを持つ力が低い等々の結果が出ていましたが。人間は人と人との関わりの中で生きています。勉強や仕事そのものは、自分が努力すればそれなりの結果は出ます。「三つ子の魂百まで」と言いますが、育った環境と価値観と目的の違いは、自分一人がどんなに努力しても、我慢しても変えることができない、努力が実らないことを、身を持って何回か体験しました。

人間が何かを必要とした時、お金や、よい成績をとることや、打算と偏見の愛や、権力や、暴力で欲しいものを手に入れようとするから、手に入るから、自分の思い通りになるから、多面的な思考力や、人を説得できる表現力や自分の考えを持つ力が低いなどの結果が出るのだと思います。子供に限らず大人でも（全ての人ではありませんが）、お金やよい成績をとることや打算と偏見の愛や権力や暴力で、欲しいものを手に入れることはできます。でもこれらのものには限界があります。欲を出したらキリがない、楽をしたらキリがない、便利さを求めたらキリがない。

真実の、無償の愛と人間の心は、大事にして協力して育てていったら永遠に続きます。が、愛と心だけでも生きていけない。だからバランスよく。

テレビを見ていて思うことは、グルメや流行やオシャレやバラエティー番組が多すぎるように思います。新聞や本に馴染めにくい人でもテレビは見ると思います。このテレビというマスメディアで、もっと「愛」「人間の心」や「命」、「地球の命」などをテーマにしたものを企画し、広げて欲しいと思います。テレビを見ている限りでは、今、本当に必要なことは何か、今、大切にしなければならないモノは何か、今、何に対してどう行動したらいいのか、というようなことが見えにくい番組が多いように思います。

新ガイドラインについても難しくて詳しくはわかりませんが、戦争に引き込まれていきそうで不安です。子供の教育というものは、社会人として、人間として生きていくためのものですから、知識を得ることも大事ですが、それよりも子供の五感と心と頭で考え、体験、経験させて個性を尊重し、習得したことの方が将来役に立つのではないでしょうか。

どんなに頭がよくても、お金や財産を持っていても、権力者でも、暴力的に強くても、戦争で勝っても、「たった一つしかないこの大切な地球」を人間の手で壊してしまったら生きていけません。全ての人間にとって一番大切なものは、「この地球」という価値観と目的意識を皆が持てば、戦争がいかに悲惨であるか、そしてどのように考え行動し生きていけばいいのかということがわかるのではないでしょうか。

平成九年十月二日

新聞へ

新聞への提言や批判や関りや望むことの投稿を募集との記事を読み、ペンを取りました。

昨今、多種多様の悩みや苦しみや怒りを抱える人はたくさんいると思います。現在抱えている問題から抜け出せないとしたら、原因の一つに今日までの固定観念や主観に囚われた考え方などが、最大の原因になっている場合が多いものです。「発想の転換」をすることによって、現在抱えている悩みや苦しみや怒りから抜け出すことはできると思います。指針を立て直して言動に移していったら、少しづつでもよい方向に向かうと思います。

そこで「心の相談室」みたいな欄を設けてみてはどうでしょうか。

平成九年十月七日

人間の素直な心

うれしかったら「ありがとう」。

自分が悪かったと思ったら「すみません、ごめんなさい」。そして改善できることは改善する。

顔を合わせたら「挨拶」。

自分が言われて嫌なことは人にも言わない。自分がされて嫌なことは人にもしない。

夫婦、親子、兄弟、社会の中の人間関係を上手に維持していく上で大切なことは、「愛と心のギブアンドテーク」＝「自立と共存」。

片方だけが反省して謝って、よい方向へ改善しても、片方だけが感謝しても、片方だけが約束したことを守っても、片方だけが幸福だと感じても、片方だけが我慢しても、片方だけが信じても維持していくのは難しいということではないでしょうか。これらのことを全人類が意識して言動していけば、戦争も争いもいじめも犯罪も発生しにくいのではないでしょうか。

人間関係を上手に維持していけなかったら、結果的にこの地球も維持していけないのではないでしょうか。私もまだまだ実行できていない部分があり、反省しています。

平成九年十月二十七日

心の時代

「迷い」、「人間の過ぎた欲」、「損得勘定」、「正直者が馬鹿を見る」。こう言った人間の意識も、証券会社や銀行や企業の破綻も、いじめや自殺や離婚や犯罪を生み出した要因ではないかと思うのです。人間の意識（心）が言動になり結果に至ったのではないかと思うのです。

また、こう言った意識が真に信じられること（内容）を、真に信じられるモノ（内面）を見極められなかったのではないかと思います。私もこの中の一人です。精神的地獄から這い上がってきた時に、人の思いやりの言葉一つに心を救われ、今までと違う自分を発見できて、この世の中に欲しい物を手に入れた喜びよりも、大きな喜びがあることに気づくことができました。

平成九年十二月七日

父母の生き方

今こうして思い起してみると、姉弟私の兄弟三人、そして父母の五人家族の生活の中で、父も母も陰で人の悪口を言わなかった。人のせいにできないようなことを人のせいにしなかった。正当な理由もなく、人をいじめることはしなかった。人に濡衣を着せるような人を傷つける嘘、私利私欲のための嘘をつかなかった。偏ることなく、三人の子供に同じように接してくれたように思う。複雑な社会環境の中で、時代の流れの中でこのような生き方、躾はできないと思っている人もいるかもわかりませんが、このような社会を作り出したのは私達人間です。

いろいろな人と出会って思うことは、真理に沿って接してもそれが通用しない、受け入れられない人がいるということの驚きと悲しみと不安。社会、企業、学校、地域、家族。まず多くの人間は家族から出発しています。家族の長たる人がお手本となるような言動をすることが大切だと思います（この世の中のことを全て知っている、全てのことができる完璧な人間は一人も存在しないが）。そうすることで家族、地域、学校、企業、社会へと拡大していくのではないでしょうか。

今も毎日のように赤ちゃんは誕生しています。このままでは真理が通用しない特定の人間、特定の環境に染まっていく人間が確実に増えていく。そんな不安を感じている人は私だけではないと思います。

平成十年四月三十日

天使の心と悪魔の心

人間は誰でも天使の心と悪魔の心を持っていると思います。一瞬の気の迷いから悪魔の心に支配されると、なかなか修正ができないものです。一度立ち止まって本当にこのやり方でいいのか、他に方法はないのかと思考をめぐらせて真理に適った選択をすることは、人間としてとても大切なことだと思います。

社会、企業、学校、家庭を問わず、真理に適った選択をできるかできないかによって、良くもなるし悪くもなります。ライバルとか、自分の思い通りにならない人とか、憎悪を抱いている人に対して故意に足を引っぱる行為は、決して自分のためにも、相手のためにも、家族や企業や社会のためにもならないことを悟るべきだと思うのです。心を修正し直す習慣をつけないと、積み重ねが必ず結果として現れます。

「人生哲学」という言葉がありますが、まさにその通りだと実感しました。また「宿命は変えられないが運命は変えられる」という意味は、この親からこの子供が生まれるということは変えられないが、心の動きは自分で変えられる。そういう意味ではないかと思います。

平成十年七月六日

自分の敵と味方は自分自身

或る人の生き方を見て、或る人はこう言った。「悪いことは何でも人のせいにして自分を正当化し、反省と罪悪感のない人が一番不幸な人だ」と。それに対して或る人は「本人はそれに気づいていないんだから幸福なんじゃない」と。

一人の人間の生き方を見て、その人を不幸な人だと感じるか、幸福な人だと感じるか（選択）。不幸な人だと感じたら、自分はそのような人間にはなりたくないと思うから反感を抱く。幸福な人だと感じたら、自分もそのような人になりたい、そのような生き方をしたいと思う。あるいは目先の損得に惑わされて、大切なモノを失うこともあるかも知れない。

人生に於いて最大の味方と最大の敵は自分自身だと私は思うのです。

自分の悪い所と失敗は誰にでもあると思います。自分の悪い所と失敗を認め、受け入れて反省点を見つけ出し、改善点を得られることは「自分にとって最大の味方」。もちろんこれを超越した人もたくさんいると思います。自分の悪い所と失敗を認めず、人のせいにできないようなことまで人のせいにして、人に憎しみや敵意を抱くと犯罪にまで至ってしまう。これは「自分にとっての最大の敵」。

「失敗は成功の基」と言いますが、失敗しないように努力して、それでも失敗したらそこから得られるモノがあります。失敗して失ったモノより価値のあるモノを得られることがあります。自分の気持ちの持ち方、生き方一つで「失敗こそが財産」と胸を張って言えるような生き方をしたいものです。

七月二十七日付の社説で〝うまい話はあぶない〟と題して「調整インフレ」の中に、努力をせずに皆が得をするような「うまい話」がこの世の中にあるだろうか、とありましたが、一時的に得しても、長い目で見たら努力なしに得したことが逆に重荷となって負担となってくると思います。

和歌山の毒入りカレー事件は、罪悪感の認識を持たない一人?のために、何の罪もない人が苦しめられ、多くの人を動揺と不信に陥らせたことへ心底怒りに体がふるえてきます。

平成十年七月二十八日

子供の気持ちになって

夫婦ゲンカをして中学生だった息子を泣かせてしまった時に、子供に対しての罪悪感やいとおしさや悲しさで、胸が張り裂ける思いをしたことがありました。親の勝手な都合でかわいい我が子にあたり散らしたり、虐待したりするケースがありますが、夫婦ゲンカなどで一番辛い思い、悲しい思いをしているのは子供なんです。幼児虐待などの記事を見る度に「なぜ、どうしてそんなひどいことを」と思わずにいられません。

子供にとって悪いことをした時に叱るんだったら、子供も自分のために叱ってくれたんだと納得できるでしょうが、親にとって都合が悪いからとか、親の都合で叱られたり殴られたりされたのでは納得がいかないと思います。

また子供の言動を親が善悪の判断をせずに否定し続けると、ストレスや自信喪失になったり、自己主張ができなくなったり、才能の芽をつぶしてしまったり、善悪の判断ができなくなったりするのではないかと思うのです。また幼い子供でもプライドを持っていますので、兄弟や友達の前では叱らない方がいいと思います。叱られて傷つき、プライドを傷つけられ二重のショックを受けます。

子供は自分が心地よい感情（傷ついた時に優しさや思いやりの言葉をかけてもらう。辛い時に全身で受け止めてもらい愛されるなど）を与えられてこそ、親にも兄弟にも我が子にも他人にも、優しさや強さ、思いやりや共感などが芽生えてくるものだと思うのです。私も子供の気持ちを察し、充分なスキンシップと愛情を注いでやれなかったという思いがあるから……。

平成十年八月十八日

企業の目的

企業には様々な企業があり、それぞれの企業によって目的も社訓も仕組も違うと思いますが、自分が働く企業の「目的」に対して皆が同じ方向に向かい、それが「社会全体の役に立つ」ような結果になるのが一番よい方法ではないかと思うのです。

例えば医療機関なら人の健康を守り、悪い個所を治療し、元気な体になってもらうなど。サービス業なら心を満たしてくれるような。製造業なら完全な製品を納期までに仕上げるなど。販売業なら誠意を持って、時代に応じた適正な価格でなど。企業で働く一人ひとりは性格も考え方も価値観も違うし、また一つの企業に於いて個々の仕事の内容も異なりますが、「企業の目的と社会への目的が同じ」であることが必要だと思うのです。

人間は誰でも感情に左右されますので、一人ひとりが心と頭にしっかりと目的意識を認識できたら、不用な感情に翻弄されることなく、企業内での不用なトラブルも避けられるのではないかと思うのです。

平成十年八月二十二日

正の連鎖

よく耳にする言葉で善悪共に、まさかあの人が信じられない、と言うことを聞きますが、それは自分の目に見える部分、耳に聞こえる部分だけで判断するからだと思います。自分に囚われ（すぎ）の心があると真実、真意、実像を見極められなくなるのではないかと思うのです。自分の囚われの心で人の心を探ろうとするから。自分が何にも囚われない澄みきった心「素直な心」でいると、曇りのない「心の鏡」に人の心が映り、自分の目に見えない、自分の耳に聞こえない真実、真意、実像が見えてきます。

当然のことですが、素直であるということはいいなりになるということではなく、囚われ（すぎ）ない心を持つことだと思うのです。そして「素直な心」は自分を守ることであり、人を守ることにもなると思うのです。皆の力で「負の連鎖」を断ち切り、「正の連鎖」に転換したいものです。

新聞や本などの文章、人の言葉は理解しようとする気持ちがあるかないか。またどのように理解するか。内容は理解できても納得はできないということもあるし。同じ内容を見て聞いて、感動や共感を覚える人もいるし、よくわからない、つまらないという人もいます。この違いはどこからきているのだろうと考えた時、共感力や生まれてから今までの経験、体験をどう生かすかの違いではないかと思います。

平成十年九月四日

クレゾール事件に思うこと

犯罪を犯すことは当然許されるべきことではありませんが、新聞やテレビの報道を見る限りでは、この女子中学生が「いじめられる原因」はないように思います。

私にはどうしても納得ができないのですが、成績が優秀でリーダー的存在で、何事にも努力し礼儀正しい人が、なぜどうしていじめにあったり、無視されたりしなければならないのか。努力することを否定しているように思うのです。誰が見ても聞いてもよくない言動をした結果、いじめにあったとか無視されたと言うのであれば、また本人もそれに気づいたら改善できるでしょうが、よい方向に努力していることで人の憎しみを買い、傷つけられるほど辛いことはありません。

私もいじめにあい、退職という結果を味わいましたが、職場もそうだし、家庭や学校は特に身の危険を感じても、その場から身を引くということがとても難しく、自殺や犯罪に向かうのではないかと思います。その場から身を引くことができて、過去の経験体験をよい方向に生かし、前向きな気持ちで新たな人間関係を築いていければ、今までと違う価値観や幸せ感が得られるのですが。

平成十年九月九日

『淳』を読んで

私がこれだけは絶対にあってはならないと思っていたことが的中して、ショックと心ない人間へのやり切れなさで、怒りと悲しみが渦巻いています。かわいい我が子をあんなむごい形で殺された上に、ご遺族が二重三重の被害者にされるなんて!! 淳くんが遺体で見つかってまもなくして届いた、お父さんお母さんへのハガキの内容を見た時、あまりのショックにこの活字が本当に現実のことかと自分の目を疑いました。

自分が愛している人、自分を愛してくれる人をあのような形で失った時のことを思い浮かべたら、あのようなひどいことはできません。人間は誰でもこの世の中に自分が愛している人、自分を愛してくれる人が必ず一人はいるのです。それを実感できる人もいるし、気づきたくないと思う人もいるし、気づかない人もいると思いますが。

また少年法というカベによって、十分の一か二ぐらいしか真実を知ることもできず、ご遺族の苦悩は計り知れません。淳くんのご遺族と同じように苦しんでいる人もたくさんおられると思います。

自分の身には災難は絶対に降りかからない、という保証は誰にもありません。自分があのような立場に置かれた時、あんなひどい言葉を投げかけられたら、どんな気持ちがするでしょうか。言葉は人を生かすことも殺すこともできます。相手の立場に立って考え、言動したいものです。ご遺族の方を見守り支援されている人もたくさんいると思います。苦難を乗り越えて力強く生きてくださいますよう、心からお祈りしております。

平成十年九月二十三日

新聞の活用と価値

テレビ欄ぐらいしか見ないのに一ヶ月約四〇〇〇円の新聞代は高いという声を時々耳にしますが、テレビ欄しか見ない人にとっては一ヶ月約四〇〇〇円は高いと思うのは当然だと思います。新聞をどう活用し、どう自分の心身に役立てるかで四〇〇〇円以下の価値と思う人もいるし、新聞代の何倍もの価値を得られる人もいます。他のメディアもそうですが、家にいながら国内外の情報と知識を得られるのですから。あんなにたくさんの情報と知識を自分の足で収穫しようと思ったら、一ヶ月約四〇〇〇円では絶対無理です。

またどんなにお金を積んでも得られない、真の人間の優しさやすばらしさ、感動や生きる力など、人間が生きていく上でどうしても必要なモノを得られることもあります。それは自分が長い間、逆境で苦悩を与えられていた時、新聞で自分よりもっと苦しい思い、辛い思いをしている人がたくさんいることを知り、「自分はまだマシ」だと思い、とても勇気づけられ、心の支えとしてきて、お金に代えられない宝モノを得られたことです。

私事で恐縮ですが、テレビ・ラジオなど「見る聞く」上では難しい言葉があっても、わからないまま通り過ぎてしまうことがありますが、新聞や本など「見る読む」上では、目で読んで頭で理解しながら読むことになるので、難しい言葉があった時は辞書を引き、その言葉の意味がわかって始めて全体の意味がわかることもあります。それは収穫もあり、思考力も身につくように思います。

平成十年九月二十八日

我慢の見極め

結婚生活を振り返って思うことは、自分にとって大切な人のために自分を犠牲にすることは、自分にとって大切な人をも犠牲にしてしまう、と思うことです。何事にも限界がある。ということを認識できていたら、今と違う人生を歩んでいたと思う。この頃に思ったことは、人のためにと思ってしたことで自分のせいにされたり、傷つけられたり、苦しめられたりしたため、はたして人のためにと思って行動することはよいことなのか、悪いことなのかと心が揺れ、とても悩みました。

その結果、見返りを求めなければ、よいことをして罪になることはない、と自分を納得させた。我慢をしないことも双方にとってマイナスになるけど、我慢をしすぎるのも美徳ではないということ。大切なことは「どこまで我慢するか」ということ。我慢の域を越えてしまうと双方ともにマイナスになる。

このような結婚生活から得た教訓は、自分を犠牲にするのではなく、自分と同じぐらい人も大事。だから行動は一〇〇%人のために尽すことはできないけど、考えと言葉は一〇〇%人のために『誠意』を持って話すことができるのではないかと思うことです。このように書きながら人間としての感情があるゆえに、矛盾した心があることも否定はしません。

平成十年十月十二日

人の思いやり

もしかしたら自分のために言動してくれたのに、それに気づかず人を傷つけてしまったのではないか、と思い、自責の念にかられることがあります。この難問を克服するにはどうしたらいいか考えてみました。自分の言動を振り返り、気づいた点を吟味し確信を持ったら、自分の素直な気持ちを伝える。それしか方法はないのではないかと思いました。

人間はこちらの世界（塀の外）で生きていく以上、信じられる人を信じる。信じられなくなったら、こちらの世界では生きていけない。人間が生きていく上で絶対必要なモノ「真実の愛、生きがい、信じ合う」愛なんて感じたこともない、生きがいもない、信じられる人もいないと思う人もいるかもわかりませんが、今こうしてこちらの世界で生きていること自体、この三つに支えられている。そう思うのです。長い長い人間の歴史の中で、今の世に於いて、戦争や断絶や犯罪の起源にはこの三つが欠けていたのではないかと思うのです。

そうする正当な必要性があって言動することはありますが、人間って傷つけようと思って言動した訳ではないのに、人を傷つけてしまったのではないかと思うことがあるのではないでしょうか。

平成十年十月二十四日

自分らしく生きる

青木雄二氏の『ナニワ資本論』の中で、取り引き先との約束が守られているから、正常な神経で文章が書けるのだとありましたが、自分のことのように感じとることができました。

私も以前「真理（あえて簡素にわかりやすく書きますが、まことの道理、人間だったら誰もが正しいと認める事実、法則という意味）」に沿って接しても受け入れられずに、人間関係が破綻した経験を持っています。その頃はストレスや怒り不安などを感じながら、お金のために妥協、協調せざるを得ないと思い踏ん張っていましたが、自分らしい自分だけの感性が失われていくようで強い不安を感じたものです。

またこの頃は、これらの感情に支配されていたため、自分らしい発想や感性、感動や共感を感じ取れなくなっていたことも事実です。自分をありのままに表現する（できるだけ人に迷惑をかけない範囲で方法で）。必要がある時や納得がいかないことがあれば聞く、または聞いてもらう。

悩みを相談したら、弱音を吐いたら、今の自分の気力を保っていられなくなるのではと思い、必要以上に我慢して自分をいじめている人もいるかもわかりませんが、悩みがあり、強さと弱さ、真の厳しさと優しさなどを持ち合せてこそ、「真の人間の心」を持つ人間として自立と共生が可能になるのではないかと思うのです。

平成十年十月三十日

言葉の重要性

十一月六日付、天声人語の言葉の使い方。

山下絵里ちゃんの『日本語の発見』を興味深く読ませて頂きました。これに便乗して私の考えも一言。感情のおもむくままに発したその発言は、自分にとってても相手にとってもマイナスになるのでは、と思うような言葉を時々耳にすることがありますが、数知れぬ貴重な言葉を有意義に使うにはどうしたらいいか考えて実行していることがあります（完全ではないかもわかりませんが）。

感情に任せて話すのではなく、頭で考えて自分にとっても相手にとってもマイナスにならないように。心を傷つけないように。それとほめるのであれば本人の前でも。陰でほめても本人の耳と心に伝わらなければ、せっかく勇気を出してほめても無意味だし。よい所を見つけてほめると期待に応えようとして努力する人。悪い所を注意されて思い当たることがあれば改善しようとする人。新聞配達をしていて「ありがとう気をつけて」と言われると、とても勇気づけられるとともに、「言葉って本当にいいものだなあ」とこのような時はつくづくうれしくなります。

それからなぜだろうと思うことがあります。

それは自分と接して会話しているにも関らず、自分の考えが理解されていないのでは、と感じることです。考えられることとして「目に見える財産（地位、名誉、財産、学歴、家族、容貌）」がない〝私〟という人物だから理解や共感が得られないのでは、と思うのですが、心の豊かさより、まだまだこれら「目に見える財産」に価値を置く現状では理解や共感が得られないのは致し方ないな、と自分に言い聞かせています。

それでも言葉って目的、相手との関り、双方の立場、心、性格などを考慮しながら選んで使いたい。そう思っています。

平成十年十一月七日

自己の人生を振り返って

よいことなのか否かはわかりませんが、自己の人生を振り返って見ると「絶対こうしたい」「こうなりたい」と心に誓い、夢や目的を持って歩んできた人生ではなく、常に自然に与えられた恵みの中で、与えられた試練に対して対処してきた人生だったように思います。

どうしてこんな生き方しかできなかったのだろうと、心の奥にあるモノを探ってみると、とにかく「争いをしたくない」という気持ちが幼い頃からあった（けど自分の不用意な言葉で傷つけたこともあると思う）。争いをしたくないと思う気持ちは、人を傷つけたくないと思う気持ちと同じだと単純にかつ確信していました。

でも今まで自分でも気づかなかった争いをしたくないと思う自分の心の奥に、人に嫌われたくない、という心が存在していたことがわかりました。争いをしたくないと思う単純な気持ちと抑圧が優しすぎる、我慢しすぎるという結果を招き、結婚生活の中での様々な人間関係が破綻してしまった原因ではないかと。これらのことが自分の反省点だったと思います。

それから四、五年ぐらい前までは「なぜ?」と疑問に思うことなく、日常生活を送っていたように思います。だけど今は子供のように「なぜ?」と疑問に思うことや、納得ができないこと、知らなかったことがこんなにもたくさんあったんだなあ、と改めてそれまでと違う自分が見えてきたように思います。そして我が子を虐待する父親や母親など、その他様々な場面で「なぜ?」と思うことや、納得ができないことには目に見えない、耳に聞こえない、時には自身にさえも気づかない真実が隠れている、とそう思います。

そして「なぜ?」と思う心から答えを探そうとして進歩していくのではないか、と思うようになりました。今までの生き方を根本から変えることはできないので、これからも生きる力となる生きがいを持ちつつ、自分の気持ちや主張は表現しながらも、与えられた人生を歩むことになると思います。夢や目的に向かって強引に進もうとすると、道理に合わない無理が生じるような気がして。

平成十年十一月二十三日

人間は一人。だけど一人ではない

人間はこの世に生まれてくる時は誰でも一人です（たとえ双子でも）。一人で生まれ、一人で考え、一人で生きて、一人で死ぬもの。だけど人間社会の中では、一人では生きていけないもの。これまでも人間としての道を踏み外した人は数知れません。様々な原因や環境、性格や積み重ねなどが一つになって結果として生じるものですが、「人間は一人で生きていくもの、だけど一人では生きていけないもの」という相反する気持ちを持つことが大切なのではないかと思うのです。

家庭や学校や職場で嫌なことなどがあった時は、今の自分に与えられている使命を考える。人間関係で憂うつな気分になった時、今の自分は何をすべきかを知り、それに取り組んでいるうちに憂うつな気分も薄らいでいくこともあります。だけどストレスや怒り、憂うつな気分というものは、他動的な部分が大きいため、自分一人ではどんなに努力しても我慢しても解決できないこともあります。

人と共存していくためには、人を信頼し信頼されることは不可欠ですが、頼りすぎないことが大切なのではないかと思うのです。頼りすぎることが期待しすぎるという結果を招き、期待に反したと思うことで最悪の事態を招いた例もあるのではないかと思うのです。でも自然な期待というものは、生きていく上で大切なことだと思うのです。誰でも「こうしたい、こうなりたい」という未来に夢を持っているから、やりがいもあるし、頑張れる、生きる力もついてくると思うのです。

逆境に遭って苦悩している時は、出口のないトンネルはないのだから、誰にもわかってもらえないこの苦しみがあるから、この苦しみを乗り越えたら誰にも味わえない幸せが得られる。そう自分に言い聞かせながら、自分の感情をコントロールしながら、自分で負の感情を消化していくように努めながら、これからも自分の人生を歩んでいきたいと思っています。

平成十年十二月五日

栄光と挫折

社会的地位にある人が罪を犯したり、自殺に追い込まれたり、失脚したりなどのニュースを見聞きする度に心底残念に思います。

栄光を獲得するまでの道程には様々な苦労や努力があったと思います。なのにどうして罪を犯したり、自殺に追い込まれたり、失脚したりしたのか。恐縮ですが、弱輩の身を承知の上で書かせて頂きますが、原因の一つに人の心、感情という一番大切なモノを見落していた例もあるのではないかと思うのです。自分よりも弱い人（様々な意味で）、我慢している人にはまるで人間の心、感情がないように思っているのでは、と思うような言葉を投げかけられた人も少なくないと思います。

また好き嫌いという感情は大切ですが、自分にとって都合がいいから、物質的な利益があるからその人は大事、その人の方針を重視するという観念ではなく、広い視野を持って正しいか正しくないか、道理に適っているか適っていないか、周囲に及ぼす影響はどうかなどを考慮することが今の社会を、また未来を担う子供達をよい方向に導いていける得策であり、精神的に安心して暮らしていける社会を築き、今の地位を栄光を確保、かつ、上昇させていけるのではないでしょうか。

「この地球上の万物は全て人間と関っています」。人間と関っているということは当然人間には心、感情が存在しているのですから、正しいか否か、真実か否か、道理に適っているか否かの判断の誤りが犯罪、自殺、失脚、破綻という結果を招いたのではないかと思うのです。それは国、社会、企業、学校、家庭全ての輪に当てはまると思います。

平成十年十二月十三日

優しさだけが優しさではない

結婚生活が破綻した時、最も強く後悔したことは、どうしてあの時ケンカしてもいいから傷つけてもいいから、自分の主張をもっと強く言えなかったのだろう、と後悔したことです。

だから同じような後悔をもうしたくないと思い、人が取り返しのつかない失敗をしたと後悔するような結果にならないためには自分に何ができるか。優しさは優しさだけど、優しさだけが優しさだけではない。善悪の判断なしに安易に同調や味方するだけが優しさではない。自分が正しいと思ったことは主張しよう。言わないで後悔するんだったら、言って後悔する方がいい（様々な状況を考慮して）。

誰でも人に嫌われたくないから、人が嫌がることは言いたくないけど、本当に人のことを思っていたら、こんなことを言ったら人がどう思うか、人を傷つけるかな、というような感情は芽生えず、一念になると思います。また人と関って生きている以上、人のせいにできることとできないことがあります。人のせいにできないようなことまで人のせいにすると、悩むことも苦しむことも傷つくこともなく一番楽です。でもそこから生まれてくるものは憎悪、怒り、敵意だけで何も得られるモノはありません。

自分に与えられた使命に対して、自覚と責任を持って行う。規則や約束だから守る、ということ以外、「こうだからこうしよう、こうなりたいからこうしよう」という意図的なモノには、時には過ぎた欲や憎悪などが入り込む危険性があり、負を招く結果になる恐れもありますが、〝ひらめき〟のように自然に与えられたモノの方が有利に運ぶこともあるようです。

昨今の大不況でリストラが叫ばれる中、難しいことかもわかりませんが、政治の世界でも企業、学校、家庭でも「人を育てる」という理念が大切なのではないでしょうか。また結果（成果）が大事だという言葉をよく聞きますが、私は成果が出るまでの過程の方が大事だと思います。そしてやはり正攻法で得た成果の方が、土台がしっかりしていると思います。

平成十年十二月二十二日

人と人との間

人間という字は「人の間」と書く、と何回か聞いたことはありましたが、その意味について深く考えたことはありませんでした。けれどそれは何回か書かせて頂いた「――過ぎない」という大切さの意味であることが、徐々にはっきりとわかってきたように思います。

例えば、矛＝自分の主張やわがままを強引に押し通すなど。盾＝妥協、同調、従順など。このかね合いが大切だと思うのです。人間社会の中では、何でも（道理に反したことまで）自分の思い通りになるものではないし、何でも思い通りになると思うと不平や不満などが自分を苦しめる。

反対に争いをしたくないと思う気持ちから、人の気持ちばかり考えて自分を犠牲にしていると生きていけない。精神的、肉体的、金銭的に負の部分が大きく与えられる。このようにして考えてみると、この世の中には矛盾で成り立っていることがあるのではないかと思うのです。それもやはり道理に適っていることが前提になると思います。また建前ばかりでも、本音ばかりでも、人といい関係を保っていくことはできないと思います。

病気で亡くなった母が激痛や失望感から、自ら命を断とうと何回も思ったがどうしてもできなかった、という話を聞いた時、生きることの方が簡単なんだな、とその時は思っていました。でも家庭を持ち、母となり、生きるということはこんなにも辛く苦しいことだけど、自分の命は自分だけのものではない。母もきっとそう思ってできなかったのだと思います。

自分の命より大切と思うぐらい大切な人がいる。自分を必要としている人がいる。生きることしか道はない。という意識をしっかりと実感できた時、自ら命を断つことも罪を犯すこともできません。子供のいじめにしてもそうですが、信頼できる人に打ち明けられていれば、最悪の事態は防げたかも知れないのにと思うと本当に残念です。たとえ親でも知らなければ、対処の仕様がありません。

また人を、何の罪もない人を苦しめよう、陥れよう、怒らせようと思えば誰でもどんなことでもできると思います。それを実行しない人はなぜ実行しないのか。それは良心や良識、罪悪感やしがらみなどがあり、人に、罪のない人に苦しみを与えた以上の苦しみが、必ず自分に降りかかってくることを知っているからだと思います。

メディアを通して新しい価値観、幸せ感を探そうとしている人がたくさんいることを知り、とても勇気づけられます。私事で恐縮ですが、自分を守る宝として、「愛　真実　誠意」と「選択を誤らないこと」を座右の銘にしています。

平成十一年一月三日

善と悪

見たり、聞いたり、経験したりして「善より悪の方が強い、悪は自分を守ってくれる、悪は得をする」という実感を誰もが持っているから、子供の世界にまで悪がはびこるのではないでしょうか。

誰でも自分の考えが一番正しいと思い、言動してきた結果、高学歴を持ち、社会的に地位のある人やそうでない人でも罪を犯し、不幸になった例をいくつも見聞し、倒産や破綻を見聞や経験して何かが間違っていると多くの人が気づいています。物を手に入れることが幸福と思い、人間の心や愛を置きざりにしてひたすら走り続けてきた結果が社会を混迷に陥らせてしまった。

高学歴だったために高慢やおごりから不幸になった人もいます。お金持ちだったために不幸になった人もいます。私はお金というものはどのような手段を使って多くを得るかということより、自然に与えられた恵みの中でどう残し、どう使うかを優先しています。

話は変わりますが、誰にでも過去はあります。それが人間として許されることか、許されないことか。何かが起きた時、真実を知らない方がお互いのため、それが善として取り扱われてきた風潮があるのではないでしょうか。真実を知ることによって相手の気持ちや環境や過去、今の状況などを知り、相手の姿勢から憎しみが同情に変わることもあると思います。誰もが望んでいることは、自分の非を認め、誠心誠意心からの謝罪を求めているのではないでしょうか。

もし差別が許されるとしたら強い弱い、仕事ができるできない、頭が良い良くない、貧富、学歴も大切ですが、それ以前の人間としての人間性が重視されるべきだと思います。そうして「悪より善の方が強い、善は自分を守ってくれる、善は得をする」という実感を多くの人が得られたら、社会もよい方向に変わっていくと思います。

私は宗教に特別な興味もなく勉強もしていませんが、これは全ての人

恐縮ですが
切手を貼っ
てお出しく
ださい

112-0004

東京都文京区
後楽2－23－12
(株) 文芸社
ご愛読者カード係行

書　名			
お買上 書店名	都道府県　　市区郡　　書店		
ふりがな お名前		明治 大正 昭和　　年生　　歳	
ふりがな ご住所	□□□-□□□□	性別 男・女	
お電話 番　号	（ブックサービスの際、必要）	ご職業	
お買い求めの動機 1. 書店店頭で見て　2. 当社の目録を見て　3. 人にすすめられて 4. 新聞広告、雑誌記事、書評を見て（新聞、雑誌名　）			
上の質問に 1. と答えられた方の直接的な動機 1. タイトルにひかれた　2. 著者　3. 目次　4. カバーデザイン　5. 帯　6. その他			
ご講読新聞　新聞	ご講読雑誌		

文芸社の本をお買い求めいただきありがとうございます。
この愛読者カードは今後の小社出版の企画およびイベント等の資料として役立たせていただきます。

本書についてのご意見、ご感想をお聞かせ下さい。 ① 内容について
② カバー、タイトル、編集について
今後、出版する上でとりあげてほしいテーマを挙げて下さい。
最近読んでおもしろかった本をお聞かせ下さい。
お客様の研究成果やお考えを出版してみたいというお気持ちはありますか。 ある　　ない　　内容・テーマ（　　　　　　　　）
「ある」場合、弊社の担当者から出版のご案内が必要ですか。 希望する　　希望しない

ご協力ありがとうございました。

〈ブックサービスのご案内〉

当社では、書籍の直接販売を料金着払いの宅急便サービスにて承っております。ご購入希望がございましたら下の欄に書名と冊数をお書きの上ご返送下さい。（送料1回380円）

ご注文書名	冊数	ご注文書名	冊数
	冊		冊
	冊		冊

に当てはまることですが、自分（あなた）以外の全ての人間は天だと思います。人の目・耳がない場所で言動しても、天は全てを見通しています。これはたくさんの人が経験をしてきていると思いますが、わかるはずがないと思っていたのにどうしてわかったんだろうという経験を。

その答えは人間には口があるからというより、人間には心があるからなのです。どのように表現したら理解してもらえるかいろいろ考えてみましたが、この言葉しか見当らないので書いてみます。

意識不明から甦ったという経験をした人は多いと思いますが、これは私の経験ですが、人間として生まれてごく普通のプロセスで「乳幼児、幼児期、学生、卒業、就職、結婚、出産そして祖母になり、平均寿命で病死する」という精神的に人間としての一生を終えて、この体を借りて新しく生まれ変わってきた、という経験をしています。このような経験から真の水先案内人は自分の過去の経験や体験だと確信しました。

普遍的なことを自分の言葉で表現することは全ての人間に与えられた権利ですが、「愛　真実　誠意」という基本理念を持ち正しいか否か、真実か否か、道理に適っているか否かの信念を持って生きている自分の考えが、もし否定されるような社会であるなら、これからの未来に一寸の光も希望も豊かさも平和も見出せない。そんな気がします。

震災によって困っている人、苦しんでいる人、生きていけない人がたくさんいる中での神戸空港の建設は、弱っている木の幹に無理に花を咲かせ、実をつけても長くは保たず、根本から倒れてしまう。そう思っている人は多いと思います。

平成十一年一月十七日

言葉の真実性

言葉は人間だけに与えられた権利で、人の運命を変えるほど重要なモノなのに、使う人や目的によっては、言葉ほど軽く無意味で価値のないモノはないと思います。「見ても聞いても言っても知らない。その行為をしてもしていない、知らない」と言えるし。あくまで罪を犯した人に対してですが。では何をもって真実性を判断したらいいのでしょうか。やはりその人の人間性、心、価値観、何に囚われているか、動機などではないでしょうか。

私の知っている人で性格に裏表がなく、善悪もしっかり認識できて、仕事に対して自覚と責任感をもち仕事もできる人で会社を辞めさせられた人がいましたが、一体この人は何を改善し、どう努力したらよかったのでしょうか。私の知らない何かがあったのか、それはわかりませんが、人間誰でも長所あり、短所あり、忘れることや失敗もあります。人間の元々の本質は善の心を持って生まれてきますので、男女を問わず、これに似たような経験をして傷ついた人はかなりいるのではないでしょうか。

社会、企業、学校、家庭で、ある考えを持つのはたった一人だと思うのです。その考えに同調したり、共鳴したりして、善でも悪でも広がっていくのではないでしょうか。

平成十一年一月二十二日

指導者の基準

一流企業と言われた企業がいくつか破綻しましたが、その原因は何だったのでしょうか。一つの結果に対して原因はいくつかあると思いますが、一番大きな原因は人事の不適性だったのではないかと思うのです。指導者の基準として学歴、仕事ができる、人間性などが考慮されて、その地位を得ている場合が多いと思いますが、仕事ができる、できない、人間性の評価は人によって違う場合もあります。

誰でもできること、できないこと、知っていること、知らないことがあります。もちろんこのような人ばかりではありませんが「自分さえよければいい、今さえよければいい」と心の中で思っていてもそれを言葉で表現する人はほとんどいませんが、今のこの社会がその心の中を映し出していると思うのです。「自分の心の中で思っていることを正直に言葉にして表現しなくても、心の中で思っていることが行動となり、目に見える形として現れること」これが『真実』だと確信しました。

経営者にとっても従業員にとっても大切な職場ですので、指導者の昇格や降格の選択はできるだけ多くの声を聞いて欲しいと思います。そうしたら誰とでも自然な気持ちで接していこうと思うのではないでしょうか。

間違いを正すことを悪としてとらえている風潮がありますが、天声人語で自分の間違いを認め、謝罪された文面を読んでホッとしました。自分より偉いと思う人から「ごめん自分の間違いだった」と言われてホッとした経験があります。このように親が自分の間違いに気づいた時、子供に素直に謝っているでしょうか。

親を信じられず、反抗している子供が多いように思いますが、絆をつなぐ一番大切なことを無視していないでしょうか。子供の反抗で悩んでいる人がたくさんいると思いますが、よいと思ったことを誠心誠意でまず実行してみると、必ず何かが変わってくると思います。

自分の思い通りにならないこと（逆境）があると、悩み、苦しみ、考え、そしてそこから得られるモノ「悟り」が得られます。

平成十一年二月五日

信じることとは

「正直は一生の宝」「正直の頭《こうべ》に神宿る」などのことわざがありますが、人間にとって最も大切なモノは信用だと思います。信用は簡単に得られるモノではなく、長年かかって積み重ねていくモノだと思うのです。今までの人生の中で何度も経験したことですが、何の罪もない我慢している人の苦しみの気持ちを無視して、故意に人を苦しめる人に同調し、味方することは反省の機会も与えられず、本当の優しさではなく道理に反していることにはならないのでしょうか。

今の会社に入社させて頂いた時、みんな他人なのにどうしてこんなに安心した気持ちで仕事ができるのだろう。そしてみんなに可愛がって頂いて、心底幸せと感謝の気持ちでいっぱいでした。今でもその気持ちは持っています。私自身が人の幸福を見ていいな、とは思っても、それ以上のうらやましいとか悔しいとか嫉妬の感情が湧き上ってこないため、人も同じだとごく自然にそう思っていました。うらやましいとか悔しいとか嫉妬の気持ちがあったら、もっと積極的に言動できて自分の人生は変わっていたと思います。

基本理念や信念は変わるものではなく、気持ちは変わるものですが、どんなに人のためにと思い誠心誠意で力説しても、それを素直に自分のために言ってくれたと思うか、まったく逆にあの人はあの人自身のために言っていると思うかで、同じ一つの言葉でも感じ方、受け取り方によって全く意味が違ってきます。自分のために言ってくれたと思えば、感謝の気持ちが生まれてくるし、あの人はあの人のために言っていると思えば、不信感が生まれてくるし（一瞬のひらめき）。確かに百歩譲って自分のために言ってくれたと思おうとしても、どうしても無理が生じてくる人もいます。老若男女、詐欺などの被害で苦しむ人が多くいますが、真実を見極める目と耳と心を養いたいものです。

自分のわがままやぜいたく、高望みが自分の思い通りにならないことは「逆境」とは言わないと思います。人生に於いて負けること、挫折、失敗、逆境こそが幸せへの道と実感できるまでに、自殺したり、殺されたり、大罪を犯したりするのではないでしょうか。

平成十一年二月十三日

今の社会に思うこと

卒業を目前にして自ら命を絶った校長先生、水俣病患者を長年支えてこられた川本輝夫さんの死、リストラや倒産による失業者、拓銀経営トップの逮捕、子供の犯罪や自殺等々。暗いことが多い中での芥川賞、直木賞受賞の平野、宮部両氏や『五体不満足』著者の乙武さんの何とも言えないあの自然な笑顔は心の救いになります。

脳死移植の実施は一人の死がなければ成り立たないことなので手放しでは喜べませんが、本人の意思カードがあったとしても、家族の死を受け入れる間もなく同意されたご家族の思いやりには頭が下がります。同意されたと言っても今は複雑な気持ちだと思いますが、時が経てば本人の意思を尊重できてよかったと思う日がきっと来ることを心から願っています。

おめでたい卒業式に関しての高校長先生の不幸。何とかならなかったものかと残念に思います。私も正当な理由もなく、怒りに狂いそうな仕打ちを受けた上に、今まで築き上げた財産も失い、身内を取り返しのつかない結果にされた深い傷を持っていますが、謝罪の言葉一つなく現在に至っています。その当時は忘れることができたらどんなに幸せかと思いましたが、人を恨んで憎んで怒りの感情を引きずっていたら自分の気持ちが幸せになれないと思い、新しい目標を見つけて前向きに生きていこうと思い今生きています。

故川本輝夫さんについての記事「俺が鬼か……」と言わざるを得なかった悔しさや悲しさや怒りと島田社長への複雑な思いが入り混じった時、この言葉をどんな気持ちで言ったかと思うと胸がつまります。正当な理由もなく人を苦しめたくて苦しめているのではないのですから。読んでいて涙が出ました。リストラや倒産による失業者、拓銀トップの逮捕。社説にもありましたが、その根本的な原因は何だったのか。まずその究明が大切だと思います。

そんな中で特に心が痛むことは、普通のおとなしい子供が犯罪や自殺に向かうことです。悪いことには人間は染まりやすいという特長があるように思うのですが、性格的にどうしても染まれない人もいると思うのです。私達が中学生の頃は想像もしなかったことですが、普通のおとなしい子供が犯罪や自殺に向かうこと自体、想像以上にこの社会は病んでいるのではないかと思います。

急に話が変わりますが、哲学を専門的に勉強していないし、本を読んでも難しくてよく理解できませんが、自分の経験や体験を基にして今まで表現してきましたが、哲学、真理は直接お金儲けには役に立たないかもわかりませんが、哲学や真理を無視したり、否定したために今まで築き上げた財産や信用を失うことはあると思います。ある哲学の本によると哲学は知識→論理→確実性→真理となっているのですが、これに経験が付加されるとより確実性が高くなると思います。

私もまだまだ真理について勉強不足ですが、この世の中では考え方の違い、性格の違い、宗教の違い、価値観、経験など様々な違いがありますが、理性の部分で真理、真実は一つだと思います。

平成十一年三月五日

脳死移植に思うこと

この問題はとても難しい問題だと思います。自分の家族が臓器移植を求める方だったら、一日でも一時間でも早く苦しみから脱してやりたい、希望を持たせてやりたいと思うし。

提供する方だったら、本人の意思を尊重したいと思う気持ちや苦しんでいる人を助けたいと思う気持ちと、自分は、家族は本当に納得できたのだろうかなど様々な気持ちが廻ると思います。

新たな課題や議論はあると思いますが、ドナーのご家族と移植を受けた方やご家族双方が本当によかったと心から思えることが、私達にできる唯一だと思うのです。そのためには元気な時はあまり気にならない言葉でも、病気になった時や家族に不幸があった時などはとても心が傷つきやすくなっています。言葉を発する前に一呼吸おいて思いやりの心と言葉で双方が本当によかったと思えるようになって欲しいと切に願っています。

そうなることが移植チームの方々への喜びにもなると思うのです。

平成十一年三月十六日

マイナス要因の原理

真実はなかなか目に見えにくいモノなので気づきにくいと思います。戦争や争い犯罪や破綻など様々なマイナスに伴って、様々な原因がありますが、その原因の根本原理になっているのが、真実を信じないで真実ではないことを信じたためにその結果が生じた。そんな気がしてならないのです。

負の結果が生じた時、原点まで深く掘り下げて考えていくと、どこかの過程で真実ではないことを信じていたことに気づくと思います。そして真実に気づかないままの延長上に於いて、真実さえも歪んで見えてしまうのだと思います（冤罪などがそのいい例だと思います）。真実か真実でないか、たった二つに一つを選択するだけだからとても簡単なことなのに、とても難しいことなのかもわかりません。

真実が最も強いということに多くの人が気づいていると思いますが、真実を見極められるようになれば、様々なマイナス要因は減少していくと思います。

平成十一年四月三日

故意なき行為

失敗や間違い、忘れたことなどは、「そうしよう」と思ってする人はほとんどいないと思います。

これら故意なき行為に気づいて報告したために、責められて傷ついた経験を持っている人は少なくないと思います。気づいても言わなければ責められずに済んだのに、と思いながらいやな思いをしたことも、今までの人生で数多くあります。今となっては内容は定かではありませんが、いやな思いをしたことは事実です。これらの行為に気づき報告した時、「よく正直に話してくれたね」という安心感の言葉を多くの人がかけられていたら、問題点を早い時点で見つけ出せて改善点を得られていたのではと思うようなことが多くあるのではないでしょうか。責めるから隠そうとするのであって、正直に話したことをほめることの方が様々な面でプラスになると思うのですが。故意を持ってした行為は自分で自分を管理するしかないと思うので。

誰にでも過去はありますが、自分が関った事実に対して問われれば、正直に話すことはできます。失敗や間違い、忘れたこと、記憶違いは多々あり、人より優れた才能や技術はありませんが、正直に生きていれば、人生を誤ることはないと確信を持って生きてきました。正直に生きていれば最も大切なモノを得られるとの確信を持って。それが子供に残してやれる唯一の財産だと思っています。

平成十一年四月十九日

日の丸・君が代について

日の丸・君が代を国旗・国歌としての法制化に、これほどの様々な思いや意見があることに驚かされました。私も自分なりの想像力を働かせて様々な角度から考えてみました。これはあくまでも私の考えですが、日の丸・君が代に対して辛い思い、悲しい思い、不快な思いをしている人々の気持ちをまず考えてみることが得策ではないかと思うのです。

これらの思いを抱いている人々に押しつけるような形が、広島県の高校長先生の不幸を招いたのではないかと思うのです。またこれらの思いを抱いている先生が教育現場で日の丸・君が代の意味、必要性を、子供達にどのような気持ちで、どのような方法で説明したらいいのでしょうか。

そして日の丸・君が代を国旗・国歌として法制化することによって、

天皇、国家に対して反発心を抱いている人々の感情をより強くするようなキッカケにならないでしょうか。理想論かもわかりませんが、いつの時代でも権力や武力で解決するのではなく、理不尽な言動によって心身を傷つけられた人々の立場に立って考えられる、「愛の力」で解決できたらいいなと思っています。

平成十一年六月二十四日

日の丸・君が代についてⅡ

日の丸・君が代を国旗・国歌として法制化する意味、必要性、目的を考えた場合、どのような時に、どのような場所で、どのような目的で使用されるかを考えると、法制化の必要性が理解できないのですが。これまでも法制化しなくても日本の国旗・国歌として受け入れられてきたでしょうし、天皇の存在、位置の意識も変わらないのではないでしょうか。感情的に身体的に戦争の傷痕を背負って生きている人も少なくないと思います。このような状況の人々にとって法制化はさらに抑圧を感じないでしょうか。

広島県の高校長先生の自殺が法制化へのキッカケだとするなら全く逆だと思うのです。私は戦後生まれなので戦争の悲惨さは実感としてないので日の丸・君が代に対して不快感はありませんが、傷ついた人々の立場に立って考えることが道理にかなっていると思うのです。

そして最も憂えに思うことは、傷ついた人々の感情を無視してのやり方はとても不安なんです。

平成十一年七月九日

想像力

若い頃、十七、八才ぐらいだったでしょうか。

コミュニケーションがうまくとれないなどの辛いことがあって、死にたいと思ったことがありました。だけどできなかった。その時、自分が死んだら母が悲しむだろうなと思ったから。そう想像できたことで今の自分が存在しているのではないかと思います。

想像するだけで防げることはたくさんあると思います。夢を持つことでもいいし、相手の立場に立って考えることも想像力ではないかと思うのです。また誰かのために自分を大切にしたいと思うなら、そう思い、思ってもらえるような信頼関係を築く。それにはやはり双方の我慢、努力、信用、誠実、寛容、責任感などの「愛」が不可欠条件になると思います。

私もまだまだ不充分なのですが。子供を持ち、かわいい孫が生まれ、これからの世が戦争のない、住みやすい、心豊かな社会にと願わずにいられません。不登校や学級崩壊、子供の自殺や犯罪などの文字を見ると、とても不安です。反面、大学入試の内容や条件に人間性重視などを取り入れる動きもあり、光と希望を感じています。大学入試に限らず、早ければ早いほどいいように思うのですが。そして多くの人が今の社会を変えようと努力されていることがひしひしと伝わってきます。

どんなに偏差値やＩＱが高くても先に記した「愛」が不足していれば、いつか挫折するような気がするのです。「成功はゴールではなくスタート」だとよく見聞しますが、志望校への入学、入社、結婚、社会的地位、名誉、信用はゴールではなくスタートだと本当にそう思います。

自分が大事、自分のためにと思い言動することも生きていく手段ですが、自分が大事、自分のためにと思うと乗り越えられないことでも、想像力の力を借りて大切な人のためにと思えば、どんな逆境でも乗り越えられることを体験しました。

平成十一年八月二十三日

何を信じて？

誰でも目に見える形、目に見えない形で警察に守ってもらっているという意識があると思いますが、私もそう意識している一人です。

神奈川県警の不祥事は警察官として、とても許されるべきことではないと思います。

不祥事を起した人のせいで警察のイメージが悪くなるのは共に辛いことですが、当然、警察官としての良識、自覚、使命感を持って職務を遂行されている人もたくさんおられると思います。過去私も会話の中に納得のできない疑問を感じるようなことがあり、一時的にそのような気持ちになったことがありましたが、今回警察官によって被害を受けた人達が人間不信になりはしないかと心配です。

人間って失敗したり、間違いを起したりしますが、その後の対応の仕方、今までの生き方、その後の生き方がカギになるのではないでしょうか。誰でもそれぞれの心の中に「これだけは絶対」と言える何かを持っているから、それを心の支えとして秩序も守られているのではないでしょうか。

平成十一年九月十五日

心の傷

心に体に傷を与えた側は痛みは感じないし、与えたという感覚もないと思うから記憶もあいまいになると思います。心に体に痛みを与えられた側は心がいやされない限り、傷を持って生きているのです。それも自分が納得できる傷なら納得ができます。自分が与えられた経験から言わせて頂くと。過去に傷つけられた経験があるが傷つけた本人に何も言わず、対処もせず、或いは言っても納得できる言葉が得られなかったなどの、心がいやされないままの経験が自分より弱い人、我慢している人に対して「理不尽な言動の矛先」を向けているように思うのです。

或いはその原因が誤解だったり、嫉妬だったり、過ぎた欲のためだったり、真実でないことを信じたり、リストラされないためになどの屈折した心が多くの人に広がって、今のこの住みにくい社会になってしまったのではないかと思うのです。理不尽な言動によって傷つけられたのであればその本人に対して言う。それでもわかってもらえなければ、次の手段を考え行動する。とても勇気がいるし、心も痛みますが。

大阪府知事の今回の件に対して、女子大生の勇気をほめてあげたいです。知事という社会的地位にあればこそ真に事実無根であるなら、法廷の場で真実を争うか、争わないのであれば自分の家族が同じような目に遭ったと想定し、事実であるなら事実を認め、誠心誠意謝罪されることの方が被害者や支援者に対する誠意だと思うのですが、そうすることによって信頼を取り戻せるのではないでしょうか。その件に関して真実は一つしかないのですから。

法廷の場で真実が認められるのは当然ですが、日常生活の場では真実が認められずに心に傷を持ち、悔しい思いをした人や人生を台無しにした人は少なくないと思います。なぜ真実が見えないのか。見ようとしないのか。

たぶんそれは「利に喩る」という人間の心の働きがあるからだと思う

のです。誰の言い分を信じて味方につけば自分のためになるか、という心の働きが真実を見えにくくしているのではないでしょうか。一人でも多くの人が「義に喩る」生き方を選択していけば、子孫によい社会を残してやれると思うのです。子孫によい社会を残すということは、高齢化社会に向かっている私達にとってもよい社会になると思うのです。

平成十一年十月六日

自分を変えたモノ

自分を変えた決定的なモノは息子の高校受験の失敗だった。自分が学歴のなさゆえに高校生活の話題の中に入っていけない辛さを実感していたから、子供にはそんな思いはさせたくないという気持ちが強かった。なのに失敗した。多くの辛さはあったが、これだけはどうしても自分を納得させることができなかった。周りの人は「本人がその気になればいつでも高校には行ける」と助言してくれたけど、即座には納得できず、自分を責めて責めて何日も苦しんだ。そんな中でたった一つの救いは息子の「俺が勉強せへんかったからや」と言ってくれたことだった。それでも周りの人の助言と息子の言葉を聞いても、自責の念は深まるばかりだった。

そしてとことん苦しんだあげくに見えてきたモノは、今までの社会から見えてきたモノは、学歴のみで人間の幸不幸は左右されない。人間としての価値は測れない、ということだった。「自分の気持ちの持ち方、人間としてどう生きるか」が最も大切なのだとわかった。そしてその時どきに自分にとって最大の価値を失った時、初めて自分にとって最大の価値（真理）が得られる。内面を変えられる、のだと気づかされました。その息子も今は一児の父となり、人並の幸せを築いています。

平成十一年十月二十七日

あとがきにかえて

絶対大丈夫、安心、安全と思われていた価値観や神話が崩れて、失望感や不信感を実感した人は多いと思います。今迄一生懸命生きてきたのに、真面目に、正直に、生きてきたのに、自分が今迄してきたことはいったい何だったのだろう、と感じた人も多いと思います。私もそんな一人でした。

千年紀を迎え、二十一世紀に向けて人間の歴史の大きな節目となる今、公、私共によいと思うことはこれからも引き続き、旧弊となるようなことは早く改善するという勇気と決断と実行力が、二十一世紀へのカギになるのではないでしょうか。

インターネットでとても便利になりそうですが、便利さの裏で人間関係の希薄や、その他様々な弊害があることは、今迄の社会から経験しています。お金に機械に使われていないでしょうか。そこから弊害が起きるように思うのです。お金を機械を上手に使いこなしたら、人間にとって便利になるために、と考え出した人の本来の目的が生かされるのではないでしょうか。

一人でも多くの人のためにと思い書かせて頂きましたが、この本を読むことで、もし悩んだり苦しんだりされた方には本当に申し訳なく思いますが、何かが行き詰まり、何かを変えようとする時、避けては通れないと思うのです。

今迄自由に表現させて頂いたことや、たくさんの方々の支えやご苦労があって生かされていることに心から感謝し、またこの本の出版にあたっては文芸社の方々には多大な御尽力を頂きまして、心からお礼を申し上げます。本当にありがとうございました。

〈**著者紹介**〉
土喰則子（つちくれのりこ）
1948年　鹿児島県生まれ　A型
1964年　勝目中学校卒業
同　年　大阪市内の医院にて見習看護婦として勤務
1973年　松下電器　電子部品(事)に入社
1975年　結婚
1994年　離婚
1995年　朝日新聞の営業所にて社員として勤務
2000年　現在朝日新聞の営業所にて配達業務
息子2人（一也、孝史）　孫1人（空）

好きな言葉
『逆境をも幸せに変えられる強さを、柔軟さを』
（※自分の経験・体験から編み出した自分の言葉です）

愛　真実　誠意

2000年4月3日　第1版第1刷発行

著　者　土《つち》喰《くれ》則《のり》子《こ》
発行者　瓜谷綱延
発行所　株式会社文芸社
〒112-0004　東京都文京区後楽2-23-12
☎03-3814-1177（代表）
03-3814-2455（営業）
郵便振替　00190-8-728265番
印刷所　株式会社平河工業社

ISBN 4-8355-0113-6 C0095